KB075130

마음속 깊은 곳에서부터

제임스 앨런의 생각 시리즈 ♠6

OUT FROM THE HEART

마음속 깊은
곳에서부터

제임스 앨런 지음 · 고명선 옮김 · 김미식 그림

도서출판 물푸레

옮긴이 | 고명선

고명선은 서울대학교 심리학과를 졸업하고, 동 대학원에서 종교학 석사 학위를
받았으며, 종교학 박사 과정을 수료했다. 명상요가회 동아리에서 활동하면서부
터 명상에 관심을 갖게 된 이후 지금까지 동서양의 명상 전통을 폭넓게 공부해
왔다. 역서로는 『상자 안에 있는 사람, 상자 밖에 있는 사람』, 『당신이 어디를 가
든 거기엔 당신이 있다』, 『생각하는 모습 그대로 II』가 있다.

그림 | 김미식

김미식은 1958년 여주에서 태어나 자신만의 그림 세계를 열정적으로 펼쳐가고
있으며, 그동안 다수의 개인전과 그룹전을 열었다. 주요 개인전을 보면 2005년
인사아트센터, 2005년 뉴욕 첼시아트센터, 2006년 KBS 등이 있으며 2009년 5월 1
일 일본 동경에서 기획전이 열린다. 또한 도서출판 물푸레와 공동으로 '영국이
낳은 신비의 작가 제임스 앨런과 여류화가 김미식의 현대미술의 만남' 이란 주제
로《제임스 앨런 생각시리즈》를 진행하고 있다.

마음속 깊은 곳에서부터

지은이 | 제임스 앨런
옮긴이 | 고명선 그림 | 김미식
펴낸이 | 우문식
펴낸곳 | 도서출판 물푸레

초판 1쇄 인쇄 2009년 3월 10일
초판 1쇄 발행 2009년 3월 15일

등록번호 | 제 1072-25호
등록일자 | 1994년 11월 11일
경기도 안양시 동안구 호계 1동 950-51
TEL | (031) 453-3211, FAX | (031) 458-0097
e-mail | mpr@mulpure.com
homepage | www.mulpure.com

값 5,900원

ISBN 978-89-8110-267-8 04840
ISBN 978-89-8110-261-6 (세트)

차례

제임스 앨런에 대하여

제임스 앨런은 20세기의 '신비의 문인'으로 불린다. 그의 베스트셀러인 고전 『생각하는 그대로*As a man Thinketh*』가 전세계 1,000만 명 이상의 독자들에게 알려졌지만, 정작 이 책의 저자인 그에 대해서는 별로 알려진 게 없다.

제임스 앨런은 1864년 영국 레스터에서 태어났으며 어릴 때 그의 아버지를 따라 미국으로 갔다. 그의 아버지는 유복한 사업가였지만 좋지 않은 경제상황 때문에 1878년 파산했고, 그 다음해 비참하게 살해

당했다. 이러한 가정환경 때문에 제임스 앨런은 15
세 때부터 그의 가족을 위해 일하지 않으면 안 되었
다. 앨런은 결국 결혼했고, 영국 거대기업의 행정을
다루는 개인 서기관이 되었다.

38세에 그는 인생의 갈림길에 도달했다. 톨스토이
의 저작들에 의해 영향받은 앨런은 돈을 벌고 소비
하는 데 모든 것을 바치는 경박한 행위가 의미 없는
삶이라는 것을 깨닫기 시작하였다. 그는 직장에서
은퇴하고, 묵상의 삶을 수행하기 위해 영국 남서부

연안에 있는 작은 시골집으로 이사를 했다. 여기 해안의 골짜기에서 앨런은 그의 스승이었던 톨스토이의 교훈대로 자발적인 빈곤, 영적인 자기 훈련 그리고 검소한 삶을 통해 자신의 꿈을 수행했다.

앨런은 성경 말씀 속에 빛나는 지혜를 마음 깊이 새겼을 뿐 아니라, 동양의 고전에서 많은 깨달음을 얻었다. 글쓰기와 명상, 그리고 소일거리로 정원 가꾸는 일을 하면서 정신적인 삶을 영위할 수 있는 토양을 마련하였다.

전형적인 앨런의 하루는 아침 일찍 일어나고, 한 시간 넘게 명상을 위해 그곳에 머물렀던 바다가 내려다 보이는 절벽을 산책하는 것이었다. 그러한 가운데 눈에 띄지 않는 거미집처럼 그의 영적인 비전은 고양되고, 그가 알려고 하지 않아도 우주의 비밀이 눈앞에 펼쳐졌다. 고요한 이러한 감동들은 내부에 기억되었다. 그는 집으로 돌아온 후에, 종이에 자신이 느낀 단상들을 기록했다. 오후에는 정원을 돌보는 일에 매진했고 저녁에는 고상한 철학적 논점을 논쟁하길 원하는 마을 사람들과의 친교를 나눴다.

10년 동안 앨런은 묵상과 사색적인 삶을 살았고,

그의 저작의 로얄티로부터 나오는 적은 수입으로 생활했다. 그가 48세가 되었을 때, 그는 갑자기 우리 곁을 떠났다. 그는 참으로 미지의 사람이었고, 명성에 의해 훼손당하지 않고, 운명에 의해 좌우되지 않고 그가 원했던 삶의 방식대로 살다 죽었다. 그의 작품은 후에 문학적으로 천재적이고 영적인 것으로 인정받았다. 그러나 이것은 알려지지 않은 영국의 신비주의자가 원하던 길이었다. 그가 죽은 후에 그의 영적인 통찰력은 세계로 전파되었다.

그는 자신의 책 『생각하는 그대로As a man Thinketh』에서 "고결하고 숭고한 인격은 신의 은혜를 입거나 운이 좋아서 생긴 것이 아니다. 올바른 생각을 하려고 끊임없이 노력하고, 신과 같은 숭고한 생각을 소중하게 품어온 대가이다"라고 말하고 있다.

앨런은 다음과 같은 원칙을 깨달았다. 바로 "인간은 자신의 정신으로부터 분리될 수 없다"라는 것이다. 인간의 삶은 자신의 생각으로부터 분리될 수 없다. 마치 빛, 광채, 색상이 서로 분리될 수 없듯이, 정신과 생각은 인간의 삶과 떨어져 생각할 수 없는 것이다. 그러므로 생각을 변화시키면 사람을 변화시킬 수 있다는 결론이 나온다.

앨런의 이와 같이 심오하고 호소력 있는 내용 때문에 이 책은 지금까지 많은 사람들에게 읽혀지고 있으며, 현대 명상 문학의 원조로 알려져 있다. 이 한 권의 책을 읽고 얼마나 많은 이들이 감동받았는지 헤아릴 수 없을 정도이다. 이 책은 영어권 국가만 해도 수십 개의 출판사에서 출판하고 있으며, 그 밖의 나라에서도 번역 출판되고 있다. 이 책의 판매량은 줄잡아 1천만 권이 넘는 것으로 추측된다.

그는 19권의 저서를 남겼다.

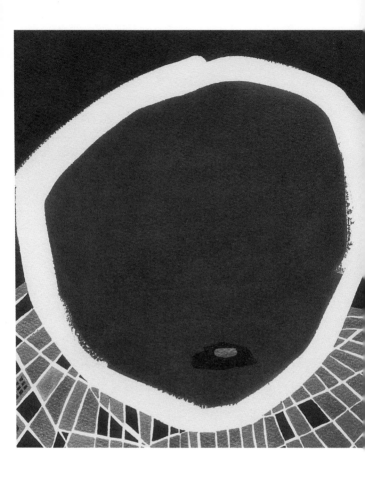

마음과 삶

마음 가는 대로 삶도 만들어진다. 내면적 상태는 끊임없이 외부 상태로 나타나고 있다. 모든 것은 결국 드러나게 된다. 숨겨져 있는 동안은 잠시일 뿐, 충분히 무르익고 나면 밖으로 나타나게 된다. 씨앗, 나무, 꽃, 열매는 우주의 네 가지 질서이다. 사람의 마음 상태로부터 삶의 모습이 생겨난다. 생각은 행위로 꽃을 피우고, 행위는 성격과 운명으로 열매를 맺는다.

삶은 인간의 내면으로부터 시작해서 계속 펼쳐지

고 있으며, 밝은 곳으로 모습을 드러내고 있다. 그리고 마음속에 싹튼 생각들은 결국 말과 행위, 그리고 성취한 일의 형태로 스스로를 나타낸다.

샘의 원천이 눈에 보이지 않듯이, 사람의 삶도 마음속의 깊고 은밀한 곳에서부터 생겨난다. 사람의 모든 상태와 하고 있는 모든 일은 거기서 발생되고 있고 앞으로 이루어질 모든 상태와 하게 될 모든 일도 거기서부터 비롯된다.

슬픔과 기쁨, 고통과 즐거움, 희망과 공포, 미움과

사랑, 무지와 깨달음은 마음속에만 존재하며 다른 어디에도 존재하지 않는다. 그것들은 오로지 정신적 상태일 뿐이다.

마음의 증거

사람은 자기 마음을 지키는 파수꾼이며, 자기 정신을 지켜보는 감시자이며, 자신의 인생이라는 성을

홀로 지키는 보초이다. 사람은 이런 임무를 열심히 수행할 수도 있고 게을리 할 수도 있다. 그는 자신의 마음을 점점 더 주의 깊게 지킬 수 있고, 좀더 열심히 자신의 정신을 지켜보고 정화시킬 수 있으며, 부당한 생각에 몰두하는 것으로부터 자신을 보호할 수 있다. 이것이 깨달음과 행복의 길이다. 반대의 경우, 그는 자신의 생활을 바르게 규제해야 하는 최고의 과제를 무시한 채 대충 부주의하게 살아갈 수도 있다. 이것은 자기 기만과 불행의 길이다.

삶 전체가 마음에서 비롯됨을 깨달으라. 그러면 행복의 길이 열린다! 왜냐하면, 그때서야 당신은 자신의 마음을 다스릴 힘과 자신의 이상에 맞게 마음을 형성할 힘을 스스로가 지니고 있음을 발견할 것이기 때문이다. 그리하여 극히 훌륭한 생각과 행위의 길을 힘차게 꾸준히 걸어가겠다고 결심하게 된다. 그럴 때 삶은 아름답고 신성해지며, 머지않아 모든 악, 혼란, 고통을 쫓아낼 것이다. 지칠 줄 모르는 노력으로 마음의 문을 지키는 사람은 해방, 깨달음, 그리고 평화에 도달하지 않을 수 없기 때문이다.

정신의 특성과 힘

정신mind은 삶을 조정하는 주체이다. 즉 정신은 상황을 창조하고 형성하며, 그 결과를 수용한다. 정신은 망상을 만들어 내는 힘과 현실을 파악하는 힘을 둘 다 갖추고 있다.

정신은 의심할 여지없이 스스로 운명이라는 옷감을 짜는 직공이다. 생각은 옷감을 짜는 실이고, 선행과 악행은 씨줄과 날실이며, 삶의 베틀 위에 짜여진 직물이 인격이다. 정신은 스스로 만든 옷으로 자신을 치장한다.

　정신적 존재로서 사람은 온갖 정신적 힘을 지니고
있으며, 무한한 선택의 기회를 가지고 있다. 사람은
경험을 통해 배우며, 자신의 경험을 가속화하거나
지연시킬 수 있다. 사람은 이유 없이 구속되지 않지
만, 여러 면에서 스스로를 구속하고 있다. 하지만 구
속한 장본인이 자신이기 때문에, 자신의 선택에 따
라 스스로를 자유롭게 할 수도 있다. 사람은 자신의
선택에 따라 흉포해질 수도 있고 순수해질 수도 있
으며, 비천해질 수도 고상해질 수도 있으며, 어리석

어질 수도 있고 현명해질 수도 있다. 사람은 실천을 거듭 반복함으로써 습관을 형성할 수 있으며, 새로운 노력으로 그 습관을 깰 수도 있다. 사람은 진리가 완전히 사라질 때까지 망상으로 자신을 에워쌀 수도 있으며, 진리가 완전히 회복될 때까지 그런 망상들을 연달아 없애 버릴 수도 있다. 인간의 가능성은 무한하며, 인간의 자유는 완전하다.

스스로의 상황을 만들어 내고, 자신이 처하게 될 상태를 선택하는 것은 정신의 본성에 속한다. 정신은 또한 어떤 상황이라도 바꿀 수 있는 힘과 어떤 상태라도 버릴 수 있는 힘을 가지고 있으며, 거듭되는 선택과 철저한 경험에 의해 여러 상태를 차례로 경험하고 이해할 때에도 이 힘을 계속 쓰고 있는 것이다.

내부에 의해 형성되는 외부

생각이라는 정신적 작용은 성격과 삶의 총체를 구성하며, 사람은 이 정신적 작용에 의지와 노력을 가해 영향을 미침으로써 자신의 생각을 수정하고 바꿀 수 있다. 습관, 무기력, 죄의 속박은 자신이 만든 것이며, 따라서 자기 자신만이 그것을 깨뜨릴 수 있다. 그 속박은 오직 자신의 정신 속에만 존재하며, 비록 외부의 조건과 직접적으로 관련되어 있기는 하지만, 외부의 조건 자체에 속박이 있는 것은 아니다. 외부 세계는 내부 세계에 의해 만들어지고 생명력을 부여 받는 것이지, 결코 외부 세계가 내부 세계를 형성하지는 않는다. 유혹은 외부 대상에서 생겨나는 것이 아니라, 그 대상에 대한 정신의 욕망에서 생겨난다. 고통과 슬픔은 외부 상황과 삶에서 벌어지는 사건들 안에 있는 것이 아니라, 외부 상황과 사건에 대한 미숙한 정신 자세에서 나온다. 순수한 계율로 단련하고 지혜를 쌓아 강해진 정신은 고통과 밀접한 관계가 있는 온갖 욕망과 욕구를 피하며, 그리하여 깨달음과 평화에 도달한다.

삶을 변화시키기

다른 사람을 악하다고 비난하고, 외부적 조건을 악의 근원으로 여겨 저주하면 세상의 고통과 불안은 줄어들지 않고 오히려 늘어난다. 외부는 내부를 비추는 그림자이자 결과이며, 마음이 순수할 때는 모든 외부 상황도 순수하다.

모든 성장과 생명은 내부에서 외부로 전개된다. 모든 쇠퇴와 죽음은 외부에서 내부로 침입한다. 이것이 우주의 법칙이다. 모든 발전은 내부에서 비롯된다. 모든 조정 작업은 내부에서 이루어져야 한다. 다른 사람에 대항해서 투쟁하기를 멈추고, 자신의 정신을 변화시키고, 갱생시키고, 발전시키는 데 힘을 쓰는 사람은 자신의 에너지를 보존하고, 자기 자신을 지켜 나간다. 그리고 자신의 정신을 조화시키는 데 성공하는 사람은, 다른 사람들도 자신과 같은 행복한 상태에 이르도록 배려와 사랑으로 인도하게 된다. 왜냐하면 깨달음과 평화의 길은, 다른 사람의 정신을 지도하고 권위를 행사함으로써 발견되는 것이 아니라, 권위 있는 원칙으로 자신을 다스리고 확고부동하며 고귀한 덕의 길로 자신을 인도함으로써 발견되기 때문이다.

사람의 삶은 자신의 마음heart, 자신의 정신mind으로부터 비롯된다. 스스로의 생각과 행위로 자신의 정신을 형성한 것이다. 스스로 생각을 선택해서 정신을 바꾸는 것은 자신의 능력으로 할 수 있는 일이다. 그러므로, 사람은 자신의 삶을 변화시킬 수 있다. 이제 이 일을 어떻게 해야 할지 살펴보자.

습관의 형성

　확고하게 굳어진 모든 정신 상태는 후천적 습관이다. 그것은 생각을 계속 반복함으로써 이루어진다. 의기소침과 쾌활함, 노여움과 침착함, 탐욕과 관대함 등 모든 정신 상태는, 저절로 몸에 배기까지 그것들을 선택했기 때문에 만들어진 습관이다. 계속해서 어떤 생각을 반복하면 결국 정신적 습관으로 굳어지고, 그런 습관으로부터 삶이 생겨난다.

　경험을 거듭함으로써 지식을 얻는 것은 정신의 특성 중 하나이다. 처음에는 머릿속에 떠올려 곰곰이

생각하기가 아주 어렵던 생각도 정신 속에 그 생각
을 계속 담고 있으면, 결국에는 자연스럽고 습관적
인 상태가 된다. 어린아이가 처음 일을 배우기 시작
할 때는 도구를 제대로 다루지도 못하고, 정확하게
쓰지도 못하지만, 오랫동안 연습과 실습을 반복하고
나면 아주 능숙하게 사용할 수 있는 것처럼, 처음에
는 현실로 실현시키는 것이 명백히 불가능해 보이는
정신 상태도 인내와 연습을 통해, 결국에는 자연스
럽고 꾸밈없는 상태로 인격에 통합된다.

정신적인 습관과 상태를 만들고 개선하는 정신의 힘 속에는 인간의 구원을 위한 토대가 마련되어 있으며, 자아를 지배함으로써 얻는 완벽한 자유를 향해 나아가는 길이 열려 있다. 사람은 해로운 습관을 만드는 힘도 가지고 있지만, 본질적으로 유익한 습관을 만드는 힘도 가지고 있기 때문이다.

옳은 행동보다 나쁜 행동하기가 쉽다

옳은 일보다는 나쁜 일이 하기가 더 쉽고, 성스러워지기보다 죄를 짓기가 더 쉽다고들 말한다. 이러한 얘기는 거의 보편적으로 자명한 사실로 받아들여지고 있으며, "나쁜 행위 그리고 우리 자신에게 해로운 행위는 하기 쉽지만, 유익하고 좋은 행위는 하기가 매우 어렵다"는 부처의 말과 마찬가지로 교훈적이다. 그러나 이것은 사람의 발전 과정에서 일시적인 한 단계에서만 사실일 뿐이며, 결코 불변하는 영원한 진리가 아니다. 옳은 일보다 나쁜 일을 하기 쉬운 것은 무지가 우세하기 때문이며 사물의 진정한 본성, 삶의 본질과 의미를 충분히 이해하지 못하기 때문이다.

아이가 글 쓰는 것을 배울 때 펜을 잘못 쥐고 글자를 틀리게 쓰기는 쉽지만, 펜을 바로 쥐고 제대로 글을 쓰기는 아주 어려운 일이다. 이는 그 아이가 글 쓰는 기술에 대해 무지하기 때문이며, 끊임없는 노력과 연습으로만 바르게 글을 쓸 수 있게 된다. 결국에는 펜을 바로 쥐고 정확하게 쓰기가 쉬워지고, 잘못된 방법으로 쓰기는 어려워진다. 이와 마찬가지로 올바르게 생각하고 행동하려면 많은 연습과 각고의 노력이 필요하다. 그러면 결국 올바르게 생각하고 행동하기가 쉬워지고, 잘못된 행동을 하기가 더 어려워지는 시기가 올 것이다.

기술자가 연습을 통해서 기술을 습득하듯이, 사람도 연습을 해서 선을 성취할 수 있다. 이는 전적으로 새로운 사고 습관을 형성할 수 있느냐 하는 문제이며, 올바른 생각이 쉽고 자연스러워지고, 잘못된 생각과 행동을 하기가 어려워진 사람은 이미 최고의 덕에 도달하여 순수한 영적 지식을 얻은 것이다.

악과 선은 습관에 의해 이루어진다

죄를 짓는 일은 쉽고 자연스럽게 이루어진다. 왜냐하면 해롭고 어리석은 생각을 끊임없이 반복함으로써 죄의 기질이 만들어졌기 때문이다. 도둑에겐 기회가 생겼을 때 도둑질을 포기하기란 아주 어려운 일이다. 왜냐하면 도둑은 오랫동안 탐욕스럽고 욕심 많은 생각을 하면서 살아왔기 때문이다. 그러나 올바르고 정직한 생각을 하며 살아와서 도둑의 잘못, 어리석음, 무익한 행동이 좋지 않음을 깨달은 정직한 사람에게는 그런 어려움이 없으므로, 도둑질을 하고 싶다는 생각이 마음속에 털끝만치도 생겨나지 않는다.

분노와 성급함도 많은 사람들에게 쉽고 자연스럽게 일어난다. 사람들은 노여움과 성급한 생각과 행위를 끊임없이 반복하고 있고, 이를 반복할 때마다 그 습관은 더 확고하게 굳어지고, 또 좀더 깊이 뿌리를 내리기 때문이다. 평온과 인내도 이와 마찬가지로 습관으로 고정될 수 있다. 처음에는 노력을 통해 평온하고 참을성 있는 생각을 붙잡고, 그런 다음 계속해서 그 생각을 하면서 살아감으로써 결국 '습관이 제2의 천성'이 되고 분노와 성급함이 영원히 사라지게 되는 것이다. 이와 같이 모든 나쁜 생각은 정신으로부터 추방될 수 있고, 모든 거짓된 행위는 없앨 수 있으며, 모든 죄는 극복될 수 있다.

실천하기와 깨닫기

 삶은 모두 정신에서 비롯되며, 정신은 자신의 끈질 긴 노력으로 얼마든지 바꿀 수 있고 완벽하게 다스 릴 수 있는 습관들의 결합체임을 깨달아야 한다. 그 러면 완전한 자유의 길로 들어서는 문의 열쇠를 자 기 손에 쥐게 된다.

 그러나 −정신의 불행이기도 한− 삶의 불행으로부터 의 해방은 내부로부터 꾸준히 성장하는 것이지, 외 부로부터 갑자기 주어지는 것이 아니다. 정신은 잘 못과 격정에 빠지기 쉬운 상황에서도 결백한 생각을

하고 바르고 침착한 태도를 지니도록 끊임없이 훈련
해야 한다. 대리석을 조각하는 끈기 있는 조각가처
럼, 올바른 삶을 열망하는 사람은 자신이 희망하는
가장 성스러운 이상적 인격이 될 때까지 자신의 정
신을 원재료로 해서 점차 영혼의 작품을 만들어 가
야 한다.

단계별 반전

이처럼 최상의 성취를 꿈꿀 때는 가장 낮고 쉬운 단계부터 시작해야 하며, 그리고 나서 자연스럽고 점진적인 단계를 밟으면서 좀더 높고 어려운 것으로 옮겨가야 한다. 점진적이고 단계적인 지속적 향상이라는 이러한 성장, 진보, 발전, 전개의 법칙은 삶의 모든 부분에서 그리고 사람의 모든 성취 과정에서 절대적인 영향을 끼친다. 이 법칙을 무시하면 모든 일이 실패로 돌아가게 된다. 학식을 쌓을 때, 새로운 일을 배울 때, 또는 업무를 처리할 때는 모든 사람이 이 법칙을 충분히 알고, 엄격하게 지켜 나간다. 그러나 덕을 닦을 때, 진리를 배울 때, 삶에 대한 이해와 올바른 행위를 추구할 때는 거의 모든 사람이 이 법칙을 깨닫지 못하며 지키지도 않는다. 그리하여 덕, 진리 그리고 완전한 삶을 실천하지도 못하고, 익숙해지지도 못하며, 깨닫지도 못한다.

실천이 지식을 앞선다

높은 차원의 삶이란 신학적이거나 형이상학적인

명제들을 읽고 채택하기에 달린 문제이며, 영적인 원리도 이 방법으로 이해할 수 있다고 생각하는 것은 많은 사람들이 흔히 저지르는 잘못이다. 고결한 삶은 생각, 말, 행위 면에서 고결하게 살아가는 것이며, 우주와 인간에 내재하는 영적 원리에 대한 이해는, 덕을 추구하고 연습하면서 오랜 기간 수련을 쌓은 후에야 얻을 수 있는 것이다.

보다 중요한 것을 알려면 더 기초적인 부분부터 완전히 파악하고 이해해야 하며, 진정한 깨달음 이전에 실천이 항상 먼저 있어야 한다. 새로운 것을 배울 때, 예를 들어 기계공이라면, 일을 배울 견습생은 처음부터 기계의 원리들을 배우게 되는 것이 아니다. 그의 손에 간단한 도구를 쥐어 준 후 그것을 제대로 사용하는 방법을 가르친 다음, 스스로 노력하고 연습해서 그 도구를 써 보도록 만든다. 도구를 올바로 사용할 수 있게 되면, 좀더 어려운 과제가 주어지고, 그렇게 수년간에 걸쳐 연습을 하고 나서야 비로소 기계의 원리를 공부하고 이해할 준비가 갖추어진다.

가정교육을 제대로 하는 집에서는, 처음에 아이들에게 부모의 말에 순종하고, 어떠한 상황에서도 바르게 처신하라고 가르친다. 왜 그렇게 해야 하는지 처음부터 이유를 알려 주지는 않는다. 아이는 바르고 단정하게 행동할 수 있게 된 이후에야 왜 그렇게 해야 하는지 이유를 듣게 된다. 어느 아버지도 자식이 효도의 의무와 사회적 선행을 실천하기 이전에 먼저 윤리의 원리부터 가르치려 들지는 않는다.

경험에 의한 진리 터득

그러므로 실천은 세상사에서도 이해보다 항상 먼저 일어난다. 그리고 고결한 삶을 영위하는 정신적인 문제에서도 이 법칙은 엄격하게 작용한다. 덕은 실천을 통해서만 알 수 있으며, 진리에 대한 이해는 덕을 실천하는 버릇이 완전히 몸에 배었을 때에야 비로소 이루어진다. 덕을 철저히 실천하고 몸에 익히면 진리에 대해 이해할 수 있게 되는 것이다.

진리는 덕의 교훈을, 처음에는 가장 간단한 것부터, 그리고 나서는 좀 더 어려운 것을 끊임없이 실천해야만 도달할 수 있는 가치이다. 어린이가 학교에서 수업을 끈기 있고 유순하게 배우고, 꾸준히 공부

하면서 모든 실패와 어려움을 이겨낼 때까지 노력을
계속하는 것처럼, 진리를 배우는 사람도 실패에 기
가 꺾이지 않은 채, 어려움을 통해 더 강해지면서, 올
바른 생각과 행위를 하는 데 전념한다. 그리고 그가
덕을 몸에 익히는 데 성공하면, 그의 정신은 진리에
대한 이해 속에서 마음껏 스스로를 펼칠 수 있게 된
다. 또 그의 마음은 진리에 대한 이해 속에서 불안을
초월하여 안전하게 쉴 수 있다.

보다 고귀한 삶의
첫 단계들

덕의 길이 바로 지식의 길이라는 것, 그리고 모든 것을 포괄하는 진리의 원리들을 이해할 수 있으려면, 좀 더 낮은 단계의 덕을 먼저 완성해야 한다는 것을 생각하면, 진리를 배우고자 하는 사람은 과연 어떻게 시작해야 할까? 자신의 정신을 올바르게 하고 마음을 정화하고자 —마음은 삶의 모든 열매가 나오는 근원이자 저장소이므로— 열망하는 사람은 어떻게 해야 덕의 교훈을 배워서 무지와 악덕을 깨뜨리고 지식의 힘 가운데 자신을 정립하게 되는가? 무엇이 첫

과업이고 무엇이 첫 단계인가? 그것들을 어떻게 배워야 하는가? 또 어떻게 실천해야 하는가? 어떻게 완전히 배우고 이해하게 되는가?

첫 과업은 가장 쉽게 근절되는 그릇된 정신 상태, 즉 정신적 진보에 장애물이 될 뿐 아니라 가정과 사회에서 실천해야 하는 기본적인 덕을 실천하는 데도 장애물이 되는 그릇된 정신 상태를 극복하는 것이다. 독자들의 이해를 돕기 위해, 처음의 열 단계를 세 과업으로 묶고 분류하여 다음과 같이 제시한다.

*극복하고 근절해야 할 악덕들

몸의 악덕

1. 게으름   첫 과업
2. 과식, 과음   몸의 수양

말의 악덕

1. 비방
2. 잡담과 무익한 대화
3. 욕설과 불친절한 말   둘째 과업
4. 경박하거나 불경스러운 말   말의 수양
5. 흠잡는 말

실천하고 성취해야 할 덕들

1. 사심 없는 의무 이행
2. 확고한 정직함   셋째 과업
3. 무제한 용서   성향性向의 수양

    몸의 두 악덕과 말의 다섯 악덕이란 그것들이 몸과 말을 통해 나타나기 때문에 그렇게 표현한 것이며,

또한 그렇게 명확하게 분류함으로써 이해를 돕기 위함이다. 그러나 분명히 이해해야 할 점은, 이 악덕들이 주로 정신mind에서 발생하는 것이며 몸과 말을 통해 작용하는 마음heart의 그릇된 상태라는 것이다.

이러한 혼돈스런 상태들이 존재한다는 것은 정신이 삶의 진정한 의미와 목적에 관해 철저히 무지하다는 증거이다. 그러므로 그것들을 근절하는 것은 덕스럽고, 확고부동하고, 지혜로운 삶의 시작이다.

하지만 악덕들을 어떻게 극복하고 근절해야 하는가? 우선 첫째로 즉시 해야 할 일은, 그릇된 행위를 억누름으로써 악덕이 외부로 표현되는 것을 감시하고 통제해야 한다. 이 노력은 정신을 자극해서 신중하고 깊이 반성하는 마음자세를 낳을 것이다. 이것을 거듭 반복해서 실천하다 보면 결국, 잘못된 행위의 근원인 어둡고 그릇된 정신 상태를 파악하고 이해하게 될 것이며, 그런 상태를 완전히 버리고 떠나게 될 것이다.

게으름 극복하기

위의 분류를 보면 정신 수양의 첫 단계가 게으름의 극복으로 나와 있다. 이것은 가장 쉬운 첫 단계이며 이 단계가 우선 완벽히 성취되지 않으면, 더 높은 단계에 도전하는 것은 불가능하다. 게으름에 탐닉하는 것은 진리의 길에 완전한 장애물이다. 게으름이란 몸이 필요로 하는 것보다 더 많은 휴식과 잠을 즐기는 것이며, 즉시 주의를 기울여야 할 일들을 미루고 회피하고 소홀히 하는 것이다. 몸이 완전히 원기를 회복하는 데 필요한 만큼의 잠만 자고 아침 일찍 일어나서, 매일 주어지는 과업과 의무를, 아무리 작은 것이라 할지라도, 열심히 신속하게 처리함으로써, 이런 게으른 정신 상태를 극복해야 한다. 음식이나 음료를 침대에서 먹고 마시는 일은 어떤 일이 있더라도 금해야 하며, 잠에서 깨어난 뒤 침대에 누워 안락을 즐기고 공상에 빠지는 것은 인격의 기민함과 결단력, 그리고 정신의 순수성에 치명적인 습관이다. 그런 시간에 사색을 하려고 해서는 안 된다. 그런 상황에서는 강하고 순수하고 참된 사고思考가 불가능하다. 침대에 누워 생각을 해서는 안 된다. 일어난 다

음에는 생각을 하고 일을 해야지 다시 잠들어서는
안 된다.

과식 습관 극복하기

그 다음 단계는 과식하는 습관을 극복하는 것이
다. 과식이란 식사의 진정한 목적과 대상에 대한 고
려 없이 오직 육체적인 만족을 위해 몸이 필요로 하
는 것보다 더 많이 먹는 것, 그리고 달콤한 음식물과
향료를 듬뿍 친 기름진 음식에 욕심내는 것을 말한
다. 이러한 미숙한 욕망은 먹는 음식의 양을 줄임으
로써, 그리고 하루에 먹는 식사의 횟수를 줄임으로
써, 또한 검소하고 복잡하지 않은 규정식을 즐겨 먹
음으로써만 극복될 수 있다. 일정한 시간이 식사 시
간으로 따로 구분되어야 하며 그 외의 시간에 먹는
일은 철저히 피해야 한다. 저녁식사는 전혀 불필요
하다. 저녁식사는 몸을 노곤하게 하고 정신을 흐리
게 하므로 하지 않아야 한다. 이러한 수양 방법을 실
천하면 이전까지 다스려지지 않았던 욕구를 신속히
통제할 수 있게 되고, 과식이라는 감각적 죄를 정신

에서 몰아내면, 올바르게 음식을 선택하는 습관이 정화된 정신 상태에 확실하고도 본능적인 조화를 이룰 것이다.

가장 중요한 것은 마음의 변화

명심해야 할 점은 마음의 변화야말로 꼭 필요한 요소라는 것이다. 이 목적에 도움이 되지 않는 식사 습관의 변화만으로는 아무 소용이 없다. 쾌감을 위해서 먹는 한 여전히 식탐을 하고 있는 것이다. 마음이 관능적인 갈망과 미각적 욕구로부터 정화되어야 한다.

육체를 잘 통제하고 단호한 마음으로 다스릴 때, 해야 할 일을 열심히 이행할 때, 과제나 의무를 뒤로 미루는 일이 결코 없을 때, 일찍 일어나는 것이 기쁨이 될 때, 검소, 절제, 금욕이 확고한 습관으로 자리 잡을 때, 자기에게 주어진 식사라면 아무리 빈약하고 간소하더라도 그것에 만족하고 미각의 즐거움을 누리려는 갈망이 없어졌을 때, 그때서야 보다 나은 삶의 첫 두 단계가 성취된 것이며, 진리 안의 첫 큰 과업을 배운 것이다. 그리하여 침착하고, 자제심 있고, 고결한 삶의 기초가 마음 안에 확립된다.

비방하지 않기

그 다음 과업은 말을 정숙하게 하는 수양인데, 그것은 다섯 단계로 나눌 수 있다. 첫 단계는 비방을 하지 않는 것이다. 비방이란 다른 사람에 대해 나쁜 말을 꾸며내거나 옮기는 것, 다른 사람 혹은 그 자리에 없는 친구의 잘못을 폭로하거나 부풀려 말하는 것, 합당하지 않은 암시를 말 속에 끼워 넣는 것이다. 무분별, 잔인함, 불성실, 거짓의 요소가 모든 비방 행위 속에 들어간다. 올바른 삶을 살려고 목적한 사람은 비방하는 잔인한 말이 자기 입 밖으로 나가기 전에 제지해야 할 것이며, 그 다음엔 비방을 일으키는 불성실한 생각을 억누르고 제거할 것이다. 그는 어떤 사람도 헐뜯지 않도록 자신을 지켜볼 것이며, 그 자리에 없는 친구를 얕보거나 비난하는 말을 자제할 것이다. 그 얼굴에 바로 얼마 전에 키스하거나 또는 악수하거나 미소를 보냈으니 말이다. 그는 스스로에

게 감히 하지 못하는 말은 다른 사람에게도 하지 않을 것이다. 따라서 결국 그는 다른 사람들의 인격과 명예를 성스럽게 생각하게 되어, 비방을 일으키는 그릇된 정신 상태를 없애 버릴 것이다.

잡담과 무익한 대화하지 않기

다음 단계는 잡담과 무익한 대화를 하지 않는 것이다. 무익한 대화란 다른 사람의 사생활에 대해 얘기하는 것, 단지 시간을 보내기 위해 얘기하는 것, 목적이 없거나 부적절한 대화에 참여하는 것이다. 이러한 무절제한 말의 상태는 잘못 다스려진 정신 상태에서 나온다. 덕을 닦는 사람은 자신의 혀를 제어할 것이며, 그리하여 정신을 옳게 다스리는 법을 배우게 될 것이다. 그는 헛되고 바보스런 말을 하지 않도록 조심할 것이며, 자신의 말씨를 힘차고 순수하게 만들 것이며, 목적이 있는 말을 하든지 아니면 침묵을 지킬 것이다.

욕설과 불친절한 말 하지 않기

그 다음에 극복해야 할 악습은 욕설이나 불친절한 말이다. 다른 사람에게 욕하거나 죄를 뒤집어씌우는 사람은 올바른 길에서 멀리 떨어져 방황하고 있는 사람이다. 험악한 말이나 나쁜 별명을 다른 사람에게 퍼붓는 것은 극심한 어리석음에 빠져들어 가는 것이다. 어떤 이가 다른 사람을 욕하고 비난하는 성향이 있다면 그가 자기 혀를 억제하고 스스로를 깊이 되돌아보게 하라. 고결한 사람은 욕설과 언쟁을 멀리하며 유익하고 필요하고 순수한 참된 말만 한다.

경박한 말 하지 않기

그 다음 단계는 경박하거나 불경스러운 말씨를 극복하는 것이다. 경솔하고 들뜬 대화, 추잡한 농담을 전하는 것, 공허한 웃음을 일으키는 것 외에 어떤 목적도 없이 저속한 이야기를 말하는 것, 친밀한 사이라고 해서 무례한 말을 하는 것, 다른 사람에게 말할 때나 다른 사람에 대해 말할 때, 특히 자기보다 나이가 많은 사람들과 선생님, 보호자, 또는 상급자의 지

위에 있는 사람들에 대해 얕보는 말이나 불경스러운 단어를 사용하는 것, 이 모든 것들은 덕과 진리를 사랑하고 추구하는 사람들이 없애 버려야 할 악습이다.

그것은 잠시 지나가는 순간적인 웃음의 자극을 위해, 그 자리에 없는 친구와 동료들을 불경不敬의 제단 위에 희생물로 바치는 것이다. 비웃음과 조롱에 묘미를 더하기 위해 삶의 모든 신성함을 희생시키는 것이다. 경의를 표하는 것이 마땅한 곳에서 다른 사람에게 존경심을 나타내지 않거나 예禮를 갖추지 않는다면, 덕德도 함께 포기하는 것이다. 말과 행동에서 겸손함, 진지함, 존엄성이 빠지면, 진리는 상실될 뿐만 아니라, 진리로 들어가는 입구가 보이지 않고 또한 잊혀진다. 불경스러움은 젊은이에게서 발견될 때도 불명예스러운 것이지만, 노년의 신사와 함께 할 때, 그리고 설교자의 품행에 나타날 때야말로 참으로 비참한 광경이라 할 수 있다. 그리고 그런 모습을 다른 사람들이 모방하게 된다면, 그것은 소경이 소경을 이끄는 셈이고, 노인과 설교자와 사람들 모두가 길을 잃는 셈이다.

유덕한 사람은 진지하고 예의바른 말씨를 사용할

것이다. 그는 그 자리에 없는 사람들에 대해 말할 때, 마치 돌아가신 분에 대해 생각하고 말하는 것처럼 조심스럽고 경건하게 생각하고 말할 것이다. 그는 부주의하고 무분별한 태도를 버릴 것이며, 경솔하고 천박한 재미를 즐기려는 일시적 충동을 만족시키기 위해 자신의 품위를 희생하지 않도록 주의할 것이다. 그의 환희는 순수하고 결백할 것이며, 그의 목소리는 차분하고 음악적으로 될 것이며, 그가 진리의 사람이 되어감에 따라 올바르게 처신하는 데 성공하여 그의 영혼은 품위와 상냥함으로 충만하게 될 것이다.

흠잡는 말 하지 않기

둘째 과업의 마지막 단계는 흠잡는 말을 금하는 것이다. 이 악습은 작은 잘못이나 외관상의 잘못을 과장하고 계속 되풀이해서 말하는 것, 어리석게 남의 흠을 찾고 쓸데없이 따지는 것, 근거 없는 추측, 믿음, 견해에 기초한 공허한 논의를 추구하는 것이다. 인생은 짧고 진실한 것이며, 죄와 슬픔과 고통은 흠잡고 논쟁하는 것으로는 치유되지 않는다. 다른 사람을 반박하고 부정하기 위해 그들의 말꼬리를 붙잡으려 항상 주의를 기울이는 사람은 신성한 삶이라는 보다 나은 길, 즉 자기 포기라는 보다 진실한 삶에 도달해야 한다. 자기 자신의 말씨를 온화하고 순수하게 하기 위해 스스로의 말을 항상 주의해서 살피는 사람은 보다 나은 길과 보다 진실한 삶을 찾게 될 것이다. 그는 자신의 에너지를 보존하고 평정심을 유지하며 자신 안에 진리의 영靈을 보존할 것이다.

자기 혀를 잘 통제하고 현명하게 억제하게 될 때, 이기적인 충동과 무가치한 생각들이 입 밖으로 표현되려고 갑자기 마음속에 강하게 떠오르는 일이 더 이상 없을 때, 말이 악의 없고 순수하고 온화하고 우아하고 의미가 충만할 때, 모든 말이 성실과 진리에서만 우러나올 때야말로 덕스러운 말씨의 다섯 단계가 완성된 것이며, 진리 안의 두 번째 큰 과업을 배우고 숙달한 것이다.

고귀한 삶을 살려면 훈련하라

그렇다면 누군가 이렇게 질문할 수도 있다. "하지만 이 모든 신체적 수양과 말조심이 왜 필요한가? 그런 힘든 노고, 그런 끊임없는 노력과 신중함 없이도 보다 고귀한 삶을 실현하고 알게 될 수 있는 것 아닐까?" 아니, 그럴 수 없다. 물질세계와 마찬가지로 정신세계에서도, 노력 없이는 아무것도 이루어지지 않는다. 또한 더 낮은 단계가 완성되지 않으면 더 높은 단계를 결코 알 수가 없다. 공구를 다루고 못을 박는 법을 배우기도 전에 탁자를 만들 수 있겠는가? 자기 몸이 악습의 노예가 되어 있는 상태를 극복하지도 못하고서, 자기 정신을 진리에 일치하게 변화시킬 수 있겠는가? 자음과 모음, 그리고 가장 쉬운 단어들을 확실히 익히지 못하면, 언어의 복잡하고 미묘한 의미를 분별할 수 없듯이, 올바른 행위의 기초를 완전히 숙달하지 못하면 정신의 심오하고 섬세한 기능들을 이해할 수도 정화할 수도 없다. 노동 기술을 예로 들면, 젊은이는 하나의 기술을 숙련하기 위해서 7년의 도제 신분을 기꺼이 그리고 참을성 있게 감수하지 않는가? 그리고 그는 순종과 연습을 통해 언젠

가는 그 기술을 완벽히 숙련하여 자신도 스승이 될 날을 고대하면서, 스승의 모든 지시를 주의 깊고 성실하게 수행하지 않는가? 음악, 회화, 문학, 무역, 또는 학문적 소양을 필요로 하는 직업 분야에서 탁월한 능력을 얻으려고 진지하게 결심한 사람이라면 누구나 자신이 목적한 특별한 능력을 완성하는 데 전 생애를 기꺼이 바치지 않는가? 그렇다면 최상의 탁월성, 즉 진리truth의 탁월성이 관련되는 곳에서는 힘든 노력이 고려되지 않겠는가? "당신이 가리키는 길은 너무 어려운 길이다. 나는 힘든 노력 없이 진리를 얻고 수고 없이 구원을 얻겠다"고 말하는 사람이 있다면, 그는 이기심의 혼돈과 고통에서 빠져 나오는 길을 찾지 못할 것이다. 그는 평온하고 잘 제어된 정신과 질서정연한 삶을 찾지 못할 것이다. 그의 사랑은 진리를 향해 있는 것이 아니라 안락과 향락을 향해 있다. 마음 깊은 곳에서부터 진리를 숭배하고 진리 인식을 열망하는 사람은 그것을 위해 아무리 큰 노력이 요구된다 해도 당연하다고 생각할 것이며, 그것을 즐겁게 받아들이고 꾸준히 추구할 것이며, 부단한 노력을 기울여 실천함으로써 진리 인식에 도달하게 될 것이다.

악행을 없애면 선행이 이루어진다

　모든 잘못된 외면적 상태는 단지 잘못된 마음 상태가 밖으로 드러난 것에 불과하다는 사실을 충분히 이해할 때, 이 기초적인 몸과 말의 수양이 꼭 필요한 이유를 알게 될 것이다. 게으른 육체는 게으른 정신을 의미하고 무례한 말은 무례한 정신을 드러낸다. 그러므로 외부로 나타난 상태를 고치는 과정은 실제로 마음속 상태를 바르게 하는 방법이기도 하다. 더욱이 이런 상태를 극복하는 것은 인격을 수양하는 과정에 실제로 포함된 전체 과업 중 일부분에 불과하다. 악행을 그만두는 것은 선행의 실천과 밀접하고, 또 선행의 실천으로 통한다. 어떤 이가 게으름과 방종을 극복하기 위해 노력하고 있다면 그는 절제, 극기, 정확성, 사심 없는 마음이라는 여러 덕을 실제로 계발하고 향상시키고 있는 중이며 보다 높은 과업을 성공적으로 성취하는 데 필수불가결한 힘과 에너지와 결단력을 획득하고 있는 중이다. 그가 말의 악덕을 극복하는 동안에는 정직성, 성실성, 예의, 친절, 자제심이라는 여러 덕을 계발하고 있는 셈이며, 정신적인 안정을 깊게 하고 목표를 확고부동하게 만들고 있는 셈이다. 그리고 바로 이 정신적 안정과 확고부동한 목표가 꼭 있어야만 정신의 보다 깊고 미묘한 특성들을 통제할 수 있으며, 보다 고귀한 품행과 깨달음의 단계에 도달할 수 있다. 또한, 그가 올바르게 행동함에 따라 그의 지식은 깊어지고 그의 통찰력은 강화된다. 마치 어린이가 자기에게 주어진 학업에 숙달했을 때 기쁨을 느끼듯이, 덕을 추구하는 사람은 악덕을 하나씩 극복하는 과정에서 쾌락과 흥분을 추구하는 사람은 절대로 알 수 없는 기쁨을 경험한다.

덕을 실현하기 위한 3가지 교훈

이제 보다 고귀한 삶의 셋째 과업을 언급할 차례가 되었다. 그것은 세 가지 큰 기본적인 덕, 즉 (1) 사심 없는 의무 이행 (2) 확고한 정직성 (3) 한없는 용서와 관대함을 자신의 일상생활에서 실천하고 숙달하는 것이다. 처음의 두 과업에서 언급했던 보다 피상적이고 혼란스러운 상태를 극복함으로써 정신을 준비시켰기 때문에, 덕과 진리를 얻으려 애쓰는 사람은 이제 좀더 크고 보다 어려운 과업을 시작하고 좀더 깊은 마음의 동기들을 통제하고 정화할 준비가 된 셈이다.

사심 없는 의무 이행

올바른 의무 이행 없이는 보다 높은 덕을 알 수 없고 진리를 파악할 수 없다. 의무 이행은 넌더리나는 수고, 즉 고생해서 겪어내야 하는 강제된 것, 또는 어떤 방법으로든 피해야 하는 것으로 대개 간주된다. 의무를 이렇게 생각하는 방식은 이기적인 정신 상태와 삶에 대한 그릇된 이해에서 나온다. 사람은 모든 의무를 신성한 것으로 생각해야 하며, 의무를 성실히 그리고 사심 없이 이행하는 것을 행위의 주된 규칙들 중 하나로 생각해야 한다. 모든 개인적인 그리고 이기적인 고려사항들은 의무이행 과정에서 제외되고 버려져야 한다. 그렇게 할 때, 의무는 즐거운 일

이 된다. 어떤 이기적인 향락이나 자기를 위한 이익을 갈망하는 사람에게 의무는 지루한 수고이다. 자기의 의무가 넌더리난다고 느껴지는 사람이 있다면 스스로를 돌아보라. 그러면 자신이 느끼는 싫증은 의무 자체에서 나오는 것이 아니라 의무를 피하고 싶은 자신의 개인적 욕구에서 나오는 것임을 알게 될 것이다. 의무를 소홀히 하는 사람은, 그것이 크든 작든 또는 공적인 의무이든 사적인 의무이든 간에, 덕을 소홀히 하고 있다. 마음속으로 의무에 반항하는 사람은 덕에 반항하고 있는 것이다. 의무가 사랑스러운 일이 될 때, 그리고 모든 특정한 의무를 정확하게, 충실하게 그리고 공평무사하게 수행할 때, 마음속에서 많은 미묘한 이기심들이 제거되며 진리의 언덕을 향해 큰 진보가 이루어진다. 덕 있는 사람은 자신의 의무를 완벽히 이행하는 것에 정신을 집중하며 다른 사람의 의무에 간섭하지 않는다.

확고한 정직함

셋째 과업의 두 번째 단계는 확고한 정직함을 실천

하는 것이다. 이 덕은 정신 속에 확고히 자리 잡아서 삶의 모든 세부사항에서 실현되어야 한다. 모든 부정직, 속임수, 사기, 허위 진술을 영원히 끊어 버려야 한다. 그리고 마음속에서 불성실과 속임수의 모든 흔적을 없애 버려야 한다. 정직의 길에서 조금이라도 벗어나는 것은 덕으로부터 벗어나는 것이다. 말을 할 때는 조금이라도 방종하거나 과장해서는 안되며 진실만을 말해야 한다. 허영심 때문에 또는 개인적 이익을 기대해서 속임수를 쓰는 것은, 그것이 외관상 아무리 사소해 보이는 것이라도, 없애 버려야 할 망상의 상태이다. 덕을 닦는 사람은 생각, 말, 행위 가운데 가장 엄격한 정직성을 실천해야 할 뿐아니라 실제의 진실에 아무것도 빼거나 더하지 말고 정확한 말만 해야 한다. 이렇게 자신의 정신을 정직의 원리에 맞게 형성하는 과정에서, 그는 점차로 사람과 사물을 올바르고 공정한 정신으로 다루게 될 것이며, 자신보다 공정성을 더 중요하게 생각하고, 개인적 편견, 격정, 선입관 없이 모든 현상을 관찰하게 될 것이다. 정직의 덕을 충분히 실천하고 획득하고 이해함으로써, 거짓에의 모든 유혹과 불성실이

멈췄을 때, 비로소 마음은 더 순수해지고 더 고귀해지며 인격은 강해지고 지식은 넓어지고 삶은 새로운 의미와 새로운 힘을 갖게 된다. 그리하여 두 번째 단계가 완성된다.

무한한 용서

셋째 단계는 무한한 용서의 실천이다. 이것은 허영심, 이기심, 오만에서 비롯되는, 상처받았다는 느낌을 극복하는 것이며, 또한 모든 존재에 대해 사심 없는 자비와 너그러움을 실천하는 것이다. 악의, 보복, 복수는 철저히 비열한 것이고 너무 시시하고 어리석은 것이어서 고려할 가치도, 마음속에 품을 가치도 전혀 없다. 자기 마음속에 그런 감정을 품고 있는 사람은 절대로 어리석음과 고통을 극복할 수 없으며 삶을 올바르게 이끌 수 없다. 그런 감정을 떨쳐 버림으로써, 그런 감정에 동요되는 것을 멈출 때 삶의 참된 길이 보인다. 오직 너그럽고 자비로운 정신을 계발해야만, 질서정연한 삶의 힘과 아름다움을 발견할 수 있다. 굳건한 마음속에서는 개인적으로 상처받았다는 느낌이 일어날 수 없다. 그는 모든 보복의 감정을 마음속에서 몰아냈으며 적이 전혀 없다. 다른 사람들이 스스로 그의 적이 된다면, 그는 그들의 무지를 이해하고 그것을 고려해서 그들을 친절하게 대할 것이다. 이런 마음 상태가 실현될 때, 비로소 자신의 이기적 성향을 다스리는 수양의 셋째 단계가 성취된 것이며, 덕과 지식을 닦는 길에서 세 번째 큰 과업을 배우고 숙달한 것이다.

시작 단계는 쉽다

올바른 행위와 올바른 앎을 이루는 과정의 첫 열 단계와 세 과업을 위와 같이 적어 놓았으니, 그것들에 대해 준비가 된 독자들이 각자의 일상생활에서 그것들을 배우고 숙달하기를 바란다. 물론, 몸을 닦는 더 높은 수양이 있고, 더 폭넓은 말의 수양이 있고, 최상의 행복과 지식을 이해하기 전에 획득하고 이해해야 할 더 크고 더 포괄적인 덕들이 있다. 그러나 여기서 그것들을 다루는 것은 내 의도가 아니다. 나는 보다 나은 길을 걷는 과정 가운데 첫째인 가장 쉬운 과업들만을 설명했다. 이것들을 철저히 숙달했을 때, 독자들은 미래의 진보에 관해 무지 속에 남겨지지 않을 만큼 정화되고 강해지고 지혜가 밝아지게 될 것이다. 이 세 과업을 완성한 독자들은 저 너머 위에 있는 드높은 고지를, 그리고 거기로 인도하는 좁고 험한 진로를 이미 인식하고 그들이 어디로 나아가야 할지 선택할 것이다.

내가 설명한 곧은길을 따라가면 이 길에서 자기 자신을 완성할 수 있다. 이에 자신과 세상에도 큰 이익이 생길 것이며, 심지어는 진리를 얻고자 열망하지 않는 사람들도 보다 큰 지적, 도덕적 힘, 보다 훌륭한 판단력, 보다 깊은 마음의 평화를 계발하게 될 것이다. 또한 그들의 물질적 번영도 이 마음의 변화를 통해 피해를 입지는 않을 것이다. 오히려 그것이 더 참되고 더 순수하고 더 지속적인 번영이 될 것이다. 왜냐하면 성공할 능력이 있고 성취에 적합한 사람이 있다면, 그는 사소한 유흥과 자신만의 일상적인 악덕들을 버리고 떠난 사람이며, 자신의 육체와 정신을 다스릴 만큼 강한 사람이며, 부동의 결심으로 진정한 덕과 확고한 성실성을 추구하는 사람이기 때문이다.

정신 상태가 지배하는
행과 불행

마음의 내부 세계로 더 깊이 기꺼이 들어갈 준비가
되어 있는 사람들에게는, 올바른 삶의 보다 높은 단
계들과 과업들의 세부 사항을 설명하지 않고 ─그것
은 이 작은 책의 범위를 넘어서는 과제이므로─ 우선 삶
전체가 샘솟는 근원이 되는 정신 상태들에 관해 약
간의 암시와 진술을 하는 것이 도움이 될 것이다.

모든 죄는 무지에서 나온다. 무지는 맹목적이고 덜
발달된 상태이다. 잘못된 생각과 행위를 하는 사람
은 인생이라는 학교에서 무지한 상태에 있는 학생이

다. 그는 바르게 생각하고 행동하는 방법, 즉 법과 원칙에 따라 사는 방법을 아직도 더 배워야 한다. 배우는 학생은 자신의 과업을 잘 못하는 한 행복하지 않고, 죄가 극복되지 않은 상태에서는 불행을 피할 수가 없다.

모든 고통은 실수에서 이루어진다

삶은 일련의 학과 과정이다. 어떤 사람은 열심히

공부해서 순수해지고, 현명해지고, 아주 행복해진다. 반면 어떤 이들은 공부를 게을리 하고, 열심히 노력하지 않아서 불순하고, 어리석고, 불행해진다.

모든 형태의 불행은 그릇된 정신 상태에서 비롯된다. 행복은 올바른 정신 상태 속에 있다. 행복은 정신적인 조화이며, 불행은 정신적 부조화이다. 잘못된 정신 상태로 사는 사람은 잘못된 삶을 살 것이고, 끊임없이 고통을 겪을 것이다. 고통은 그릇된 생각 속에 그 뿌리를 두고 있다. 행복은 깨달음 속에 있다. 사람은 자신의 무지, 잘못, 그리고 자기 기만을 파괴할 때에만 구원을 얻는다. 그릇된 정신 상태가 있는 곳에 속박과 불안이 있다. 정신 상태가 올바르면 자유와 평화가 있다.

다음은 그릇된 정신 상태의 대표적 사례 몇몇과 그것들이 삶에서 일으키는 파괴적인 결과를 정리한 것이다.

그릇된 정신 상태 : 그것들의 결과

증오 : 해침, 폭력, 재난, 괴로움

정욕 : 지성의 혼란, 후회, 수치, 비참함

탐욕 : 두려움, 불안, 불행, 상실감

자존심 : 실망, 억울함, 자기 인식의 부재

허영심 : 고뇌, 정신적 굴욕

비난 : 박해, 다른 사람들의 증오

악의 : 실패와 고생

방종 : 곤궁, 판단력 상실, 질병, 태만

노여움 : 힘과 영향력의 상실

욕구 또는 자기속박 : 비탄, 어리석음, 슬픔, 불확실
성, 외로움

　　위에서 말한 그릇된 정신 상태는 단지 부정적인 결
여 상태일 뿐이다. 그것들은 어둠과 결핍의 상태이
지, 긍정적인 힘의 상태가 아니다. 악은 힘이 아니다.
악은 선에 대한 무지와 오용誤用이다. 증오심에 사로
잡힌 사람은 사랑의 교훈을 올바르게 실천하는 데
실패한 자이며, 결과적으로 고통을 겪는다. 그가 사
랑의 교훈을 올바르게 실천하는 데 성공하면 증오심
은 사라질 것이고, 증오의 맹목성과 무력함을 알고
이해하게 될 것이다. 다른 모든 그릇된 정신 상태에

대해서도 마찬가지다.

다음은 좀 더 중요한 올바른 정신 상태의 일부와 그것이 삶에 끼치는 유익한 결과를 정리한 것이다.

올바른 정신 상태 : 그것들의 결과

사랑 : 온화한 상태, 행복, 축복

순수 : 밝은 지성, 즐거움, 불굴의 확신

이타심 : 용기, 만족, 행복, 풍요

겸손 : 평온, 안식, 진리에 대한 이해

온순 : 균형감, 모든 상황에서의 만족

동정심 : 보호, 사랑, 다른 사람들로부터의 존경

호의 : 기쁨과 성공

자제심 : 마음의 평화, 공정한 판단력, 품위, 건강, 명예

인내 : 강한 정신력, 광범위한 영향력

극기 : 깨달음, 지혜, 통찰력, 깊은 평화

올바른 정신 상태를 위한 싸움

위에서 말한 올바른 정신 상태는 긍정적인 힘의 상태이자 빛의 상태, 유쾌한 침착함의 상태, 깨달음의 상태이다. 선한 사람은 알고 있다. 그는 자신이 배운 교훈을 올바르게 실천하는 법을 터득했고, 그러므로 자신의 삶 전체를 구성하는 각 부분들의 균형을 정확히 이해한다. 그는 사리를 깨우쳤고 선과 악을 이해한다. 그는 지극히 옳은 일만 하면서, 최고의 행복감을 얻는다.

잘못된 정신 상태에 빠진 사람은 모르고 있다. 그는 선과 악에 대해 무지하며, 자기 자신에 대해 무지하며, 자신의 삶을 만드는 내면적 동기에 대해 무지하다. 그는 불행하며, 자신의 불행이 전적으로 다른 사람들 때문이라고 믿는다. 그는 삶에 실재하는 중심적인 목적을 전혀 보지 못한 채 맹목적으로 일하고, 사태의 진행 과정에서 질서정연한 인과관계를 전혀 보지 못한 채 무지 속에서 살아간다.

고결한 삶을 완벽하게 성취하고자 열망하는 사람, 즉 본질을 꿰뚫는 통찰력으로 사물의 참된 질서와 삶의 의미를 깨달으려는 사람은 그릇된 마음 상태를 모두 버리고, 끊임없이 인내하며 선을 실천하라. 고통 받거나, 의심하게 되거나, 불행하다면, 그 원인을 찾을 때까지 자신의 마음속을 살펴보라. 그리고 원인을 찾으면 그것을 떨쳐 버려라. 자신의 마음을 감시하고 깨끗하게 하여 매일같이 마음속에서 악은 줄어들고 선이 늘도록 하라. 그리하면 날로 강해지고, 고귀해지며, 현명해지고, 따라서 행복도 늘어날 것이다. 또한 진리의 빛은 자신의 내부에서 점점 더 환한 빛을 더해 가면서 모든 어둠을 없애고, 앞으로 가야 할 길을 밝혀 줄 것이다.

좌절하지 말고
노력하라

　진리의 제자, 덕을 사랑하는 자, 지혜를 구하는 자, 또한 이기적인 삶의 공허함을 알고 슬픔에 휩싸인 자 그리고 최상으로 아름답고 평온하게 기쁜 삶을 열망하는 자여, 이제 그대 자신을 지배하고 수양 discipline의 문 안으로 들어가서 보다 나은 삶을 알라.

　자기 기만을 버려라. 그대 자신을 있는 그대로 바라보라. 그리고 덕의 길을 있는 그대로 보라. 진리에 이르는 길은 게으름을 절대 허용하지 않는다. 산의 정상에 서려는 사람은 열심히 올라가야 하며, 힘을

모으기 위해서만 휴식해야 한다. 등반 과정이 구름 없이 맑게 갠 정상보다 덜 영광스럽다 하더라도, 등반 역시 영광스럽다. 자기 수양은 그 자체로 아름다우며 수양의 결과는 달콤하다.

훈련에 의한 진리 터득

일찍 일어나고 명상하라. 잘 다스려진 몸으로, 그리고 잘못된 생각과 나약한 의지에 대해 방어가 된

정신을 가지고 매일 하루를 시작하라. 준비 없이 싸우면 유혹을 절대로 이길 수 없다. 고요한 시간에 정신을 무장하고 가다듬어야 한다. 예민하게 감지하고 알고 이해하도록 정신을 훈련해야 한다. 죄와 유혹은 올바른 이해가 계발될 때 사라진다.

올바른 이해는 끊임없는 수양을 통해 이룰 수 있다. 진리에 도달하는 것은 오직 수양을 통해서만 가능하다. 인내는 노력과 실천에 의해 증가할 것이며 인내는 수양을 아름답게 만들 것이다.

성급한 사람과 이기주의자에게 수양은 넌더리나는 것이다. 그러므로 그들은 그것을 피하며 계속 방탕하고 혼란 속에서 살아간다.

진리를 사랑하는 사람에게 수양은 지겹지 않으며, 따라서 그는 기다리고 일하고 극복할 수 있는 무한한 인내를 발견할 것이다. 자기의 꽃들을 돌보는 정원사의 즐거움이 나날이 커지듯이 순수성, 지혜, 동정, 사랑이라는 신성한 꽃들이 자기 마음속에서 자라는 것을 보는 수양자의 즐거움도 계속 커진다.

처음엔 나약하나 나중엔 강한 힘이 된다

방종하게 사는 사람은 슬픔과 고통을 피할 수 없다. 수양이 없는 정신은 격정의 사나운 습격 앞에 나약하고 무기력하게 쓰러진다. 그렇다면 진리를 사랑하는 자여, 그대의 정신을 잘 가다듬으라. 신중하고, 사려 깊고, 굳은 결심을 가져라. 그대의 구원이 바로 가까이에 있다. 오직 필요한 것은 그대의 준비와 노력뿐이다. 만약 그대가 열 번 실패한다 해도 실망하지 말라. 만약 그대가 백 번 실패한다 해도 일어나서 그대의 길을 추구하라. 만약 그대가 천 번을 실패한다 해도 절망하지 말라. 그대가 올바른 길에 들어섰다면 그 길을 완전히 포기하지 않는 한 성공이 확실하다.

먼저 투쟁이 있고 그 다음엔 승리가 있다. 먼저 노력이 있고 그 다음엔 휴식이 있다. 먼저 나약함이 있고 그 다음엔 강한 힘이 있다. 처음에는 보다 낮은 삶이 있고, 그 다음엔 전투의 눈부신 빛과 혼란이 있고 마지막엔 아름다운 삶, 침묵, 그리고 평화가 있다.